JN118373

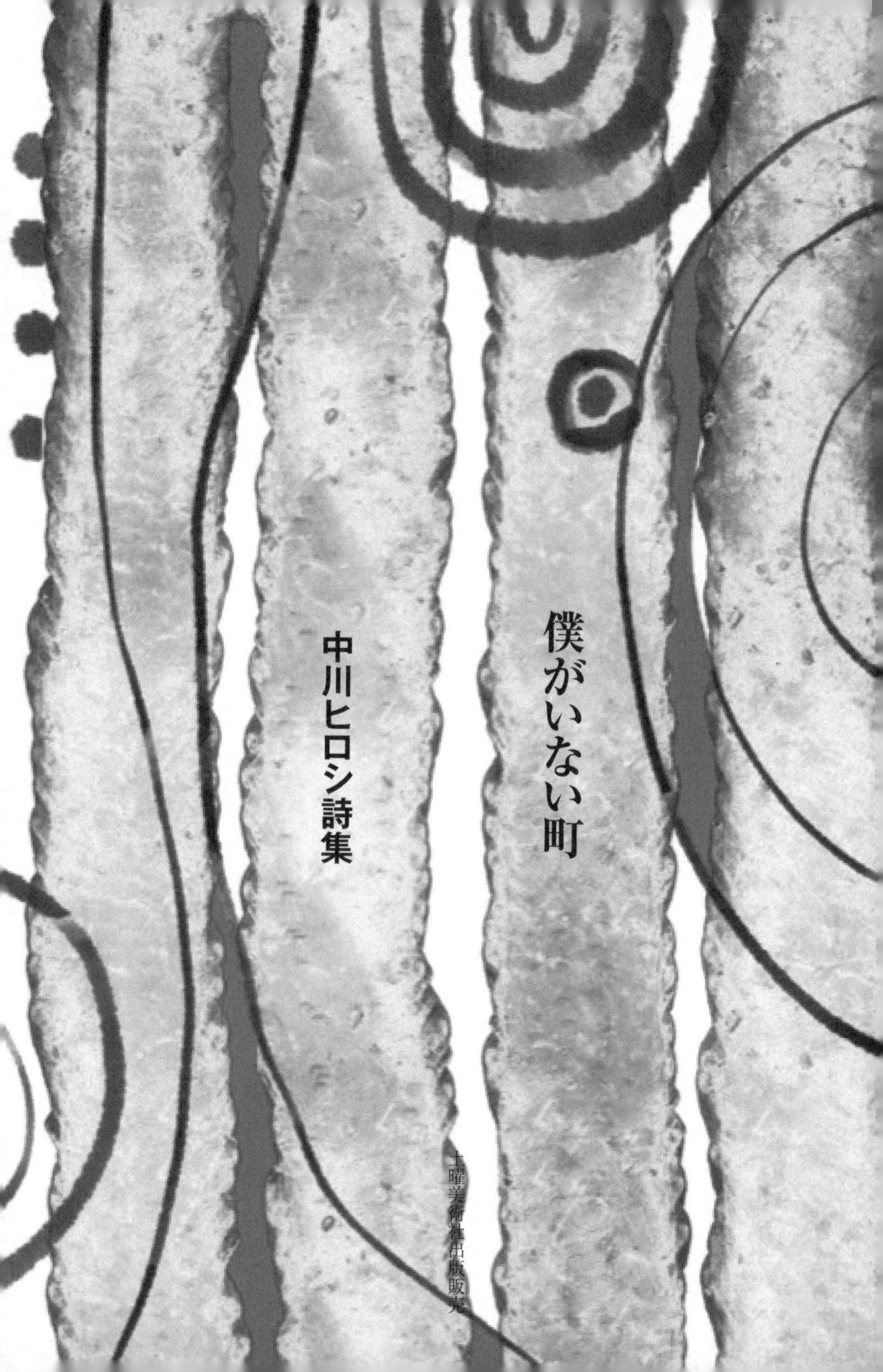

僕がいない町

中川ヒロシ詩集

土曜美術社出版販売

詩集　僕がいない町　*　目次

Ⅰ

Ⅱ

Ⅲ

カバー・扉・本文イラストレーション／谷口シロウ

詩集　僕がいない町

I

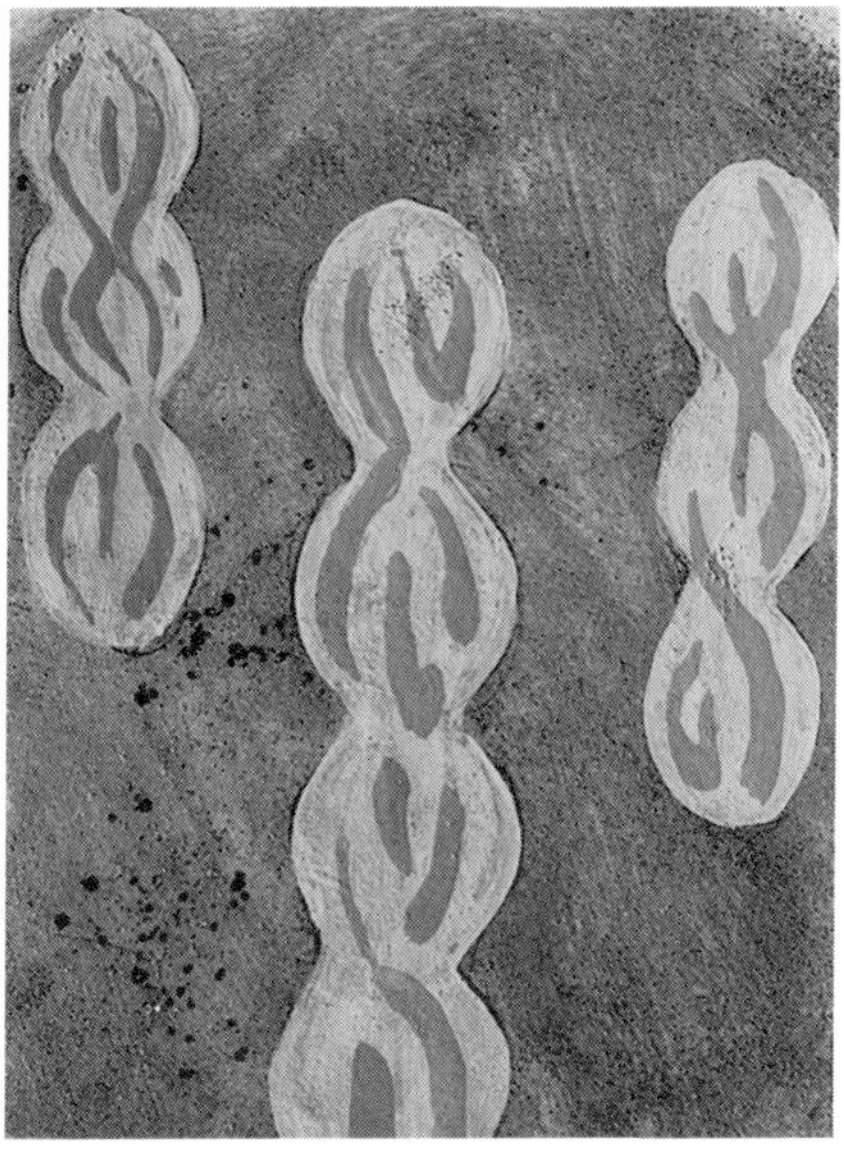

僕がいない町

旅先で思うのは
いつかまたここに
帰ってくるかもしれない
という期待と
もうここにやって来ることはないのだ
という不思議

僕が立ち去った後も
漁港には波があたり

この定食屋は
雨の降る夜
店を早く閉めたりする

新法隆寺

悪天候に迂回させられた道を
トラックで行く
ヘッドライトに照らされた雪が
うろたえながら落ちてくる
その白さを見てしまうと
この先いいことがある気がしない
『法隆寺』と書かれた看板の下を通る
あの法隆寺かよ　歴史で習ったよな

何だっけ？　何を今さら
だって私たちはいつの間にか
誰も積み荷を積んでいないのだ
もう『新法隆寺』はできることがない

空っぽの荷台から
それでもまだ減っていくものがある
その減り方だけがこれからの歴史
積み荷は何だったんだろう

山の中には鹿がいる
あの目のまま
濡れながら何千年も
それが救いのような気もする

私たちはこのまま
誰にも道を尋ねずに
静まりかえっていくのかもしれない

キャメロン　ハイランド*

女たちを遠巻きに囲んで
勢いのない焚き火をする

炎は霧の中でいっそう小さく
男たちの話し声は低く湿っている
女は黒いスカーフの下で妊娠し始めている
ジャングルの奥で
今も憂うつに進化しているものがある

イスラムの酒のない祭り
夜店に並ぶイチゴの赤が
目の中で夜通し萎びていく
「ジャングルの食人植物が枯れてしまったよ」
村人が哀しみ
その奇妙な花の絵が
街のあちこちに飾られている

わたしは老人になると
またここを訪ねてしまい
浅い付き合いの友だちをつくり
死ぬ準備を始めるだろう

＊　マレーシア奥地の高原

ダブルベッド

たった今　空から落ちてきたように
ダブルベッドで弾みながら女が笑う
それを見て笑う男の背中が揺れる
日曜午後のホームセンターは幸せだ
カップルが立ち去ったあと
私も腰を下ろしてみる
まるで弾まないので
深々と腰を下ろしてしまった
自分で弾まないと弾まないんだな

出口付近で
カップルのカートの中の鏡に
電球を持ちレジに並ぶ私が映っていた
どこまで付いていけるか目で追ったが
駐車場に向かう鏡の中の私は
たちまち雨に濡れて
見えなくなってしまった

帰国

二月
日本の寒さを想像して
ホテルの部屋から
ぬるい夕焼けを眺め
汗を流しながら
ダウンジャケットを着たり脱いだりする

今　そこは僕を暗く閉ざす季節
どれくらい耐えればいいか怯えた

あの頃どうだったか
どれくらいの僕だったか

何枚着ても足らない気がして
カバンにむやみと
文庫本を詰める

そうする間にも
すっかり夜になった外は
飛行機の形に囲われ
送られていった先が
また僕の冬だ

カケガエある地球

今　地球には生き物がいるが
いずれいなくなることを願う
そう想うことで安心する夜がある

自分の病気　より気になる親の病気
より気になる兄の家の暮らしむき
昼間見たワイドショーの犯罪者とその親戚
僕　逮捕されたらどうしよう
出さなければいけない手紙や

出さなければよかった手紙
そんなふうに
僕が生き物をやっているとき
もう神さまはずいぶん以前から
生き物に全く興味がなく
よその洞窟に手を突っ込んで
何かを探り当てているのではないか

運動会のあと
グラウンドをならすローラーをひいた
夕暮れのように
この地球の上を祈りながら
ただ平らに片付けていく
ここから先は生き物抜きでいきましょう

そう想うことでホッと息をする夜がある

生き物抜きで
ずっと続いていく
びくともしない宇宙
そう想うことで静かになる夜がある

ゴールド免許

「また五年後に無事故で来て下さい」
と言われ突然リアルに考えてしまう五年後
ゴールド免許の書き換えは五年に一度
一年二年ならともかく
五年後

事故現場のテロップ
「一寸先は闇」
今　見た映像のように

日常生活に様々に潜む危険の中で
五年後までたどりつける気がしない
窓から見える
曇天に隠された黒いカラスの群れ

長い講習を覚悟していたが
書き換えは三十分で終わった
突然係官が
「ゴールド免許のお祝いです」
と胸からハトを出した
ボランティアで手品の慰問をしているそうだ

「一寸先は……」
五年の間にはこんないい日もある

ハトが飛んでいった先の
カラスの群れは巣作りの最中だった

六月の丘の上から
雲が飛んで
遠くが少し見えてくる

パレード

父がいる病院のベッド
その奥に置かれたテレビの中で
今　甲子園が終わった

球児たちは
この立派な夏を
例えば五十年後
どこで思い出せばよいだろう

戦争や原発に反対するように
僕は人生に反対したかった
生まれて死ぬ
なんてひどい　と

いや　今からでも
そんなパレードが　どこかであるなら
それでも何だか顔色の良い朝に
今　父が引き受けさせられたものを
思い切り　引きはがして
ヒモに結んで
世界の空に
風船にして飛ばすだろうに

散歩の帰り

引越し先のアパートから
初めて散歩に出かける
いくつになっても「ココの人」になれない
そんな人ばかり住む１ＤＫを背に
坂を下りる
近くにコンビニがあるのは便利だよな
早速トイレを借りる
ここは一昔前
ひどく酔っぱらい

嘔吐したトイレだと気づいた
そうだ　俺はあの時
吐きながら涙目で
この便器の清潔さに妙に感心していた
あの時　俺は不安だったが
その未来が今ここにある
あの頃の女が近所なのもわかった
他にも色々わかったが
俺がどうなっていく途中なのかは
今もわからない
まだ見慣れないアパートに向かって
上り坂を戻る

成功者

雑誌で見た成功者の習慣
『早起き』とか『トイレ掃除』は
とりあえず無理として
『毎日三分　空を見る』
これならできそうと
冬の空を見る
すると一分くらいで
「まぁ成功しなくてもいいいな」
という気分になる

Ⅱ

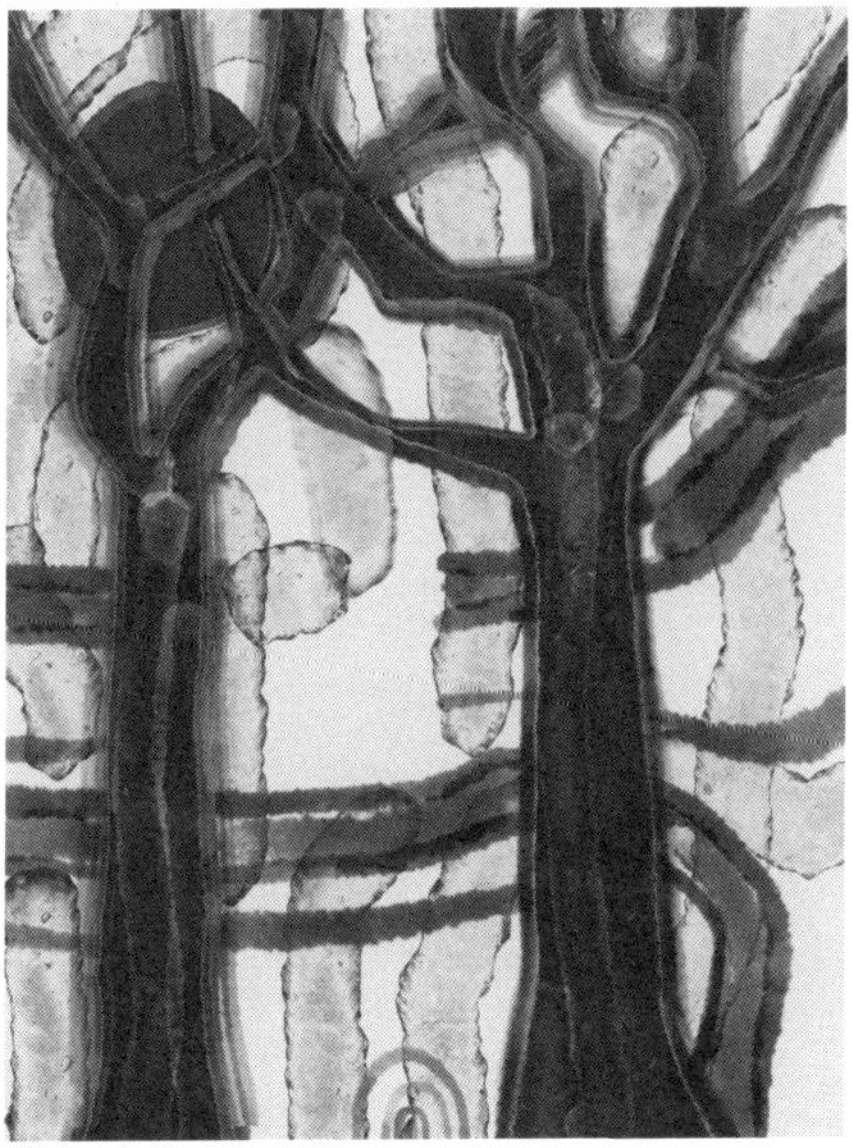

メジャーデビュー

ライブ翌日、メンバーのアパートで目が覚め、テレクラのバイトのために外に出た。昨夜はステージ衣装のまま寝たので、夏の真昼に革パンしかはくものがなく、それは暑過ぎるので、無地のトランクスがムリムリ短パンに見えるだろうと、トランクスにTシャツ、靴はステージ用の革靴で出かけた。

到着すると、バイト長の高木さんが、「俺はもう辞める。これからは有機農業だわ。お別れに中川にこの○○○やるわ。やったことある？　お金？　要らないよ。いやまぁ、じゃあ、ちょっともらっとくわ。せっかくだから。」

僕は、「この人、結局こういう時、お金もらってく人なんだよなぁ」と思いながら、初めての〇〇〇に期待しながら、それを免許証と一緒にバッグの中にしまった。テレクラのチラシを配りながら、「農業なんて、いきなりできるものなのか?」と、思いながらも、流行に敏感な高木さんに去られることが、もう何年もアマチュアバンドをやっている自分が取り残されていくようで怖かった。

チラシ配りをしながら、時々、電話ボックスから事務所に報告を入れるのだが、今、連絡しようと電話ボックスに入って気がついた。あの〇〇〇の入ったバッグがない! どこかに置き忘れた。あの中には免許証も入っているのに!

その時、電話ボックスの電話帳の上にエロ本が置かれているのが目に入った。そしてこんな時にも関わらずパラパラそれを見ていた。「ＳＭ好きじゃないんだよなぁ」と、思ったその時、目に飛び込んできたのは、半年前、キスするか、しないかの交際をしていた彼女だった。白いＴシャツが爽やかだったあの娘が、丸裸で縄で縛られ、「ヒロシ、ヒロシが忘れられないの…」と、僕の名前の見出しの下で喘いでいる。

僕はエロ本をつかんで電話ボックスを出たが、革靴にトランクス、右手にチラシ、左手にエロ本という出で立ちになってしまった。こんな姿で「このバッグの持ち主ですか?」と職務質問されたら終わりだ。

僕はエロ本を戻した。あとで買おう。メジャーデビューするまで何も考えない。とにかくバッグだ！　僕はトランクス姿でこの街を探し歩いた。

スーパー森

光化学スモッグのサイレンが鳴ると
先生が急に優しくなって急な放課後になる
僕たちはスーパー森に来たばかりの
インベーダーゲームを見に行った
河野先輩と高田君と田中君と宮下君と
スーパー森には森ミカがいた

僕たちはスーパー森の軒下で
先輩がインベーダーゲームをするのを見て

その帰り　帰りでも帰らずに
スーパー森の裏の川原を海まで歩いた

途中　田中君が自分で話してる怪談に飽きて
「私たちもう中二よ。セックスしてもおかしくないわ」
と森ミカの真似して言う
河野先輩はそれを聞いて
「そりゃ俺だってセックスしたいよ。
そやけど我慢しとるんやん」って言った
それがなんか大人っぽくてカッコ良くて
僕も真似して
「そりゃ俺だってセックスしたいよ」
って海に向かって叫んだら　みんなが
「そやけど我慢しとるんやん！」って

声を揃えて言って
すごくいい感じして
コール＆レスポンスって言うのこれ？
俺これ　将来絶対　歌にするって
何回も海に言う
みんなで

今日　実家に用事で立ち寄ると
スーパー森はまだあって
森ミカはいた
僕は久しぶりの森ミカに
威張った態度をとる
スーパー森の前の川に
おたまじゃくしが今もいっぱいいて

僕は石を投げ入れる
おたまじゃくしがいっせいに動いた
中学の時　面白かったそれらのことを
もう一度やってみるけど
面白いのかどうか今は分からない

スーパー森の軒先から
いつの間にか激しくなった雨を見る
通りがかりの自転車が転んで
僕の顔に泥水が飛ぶ
それを手で拭きながら森に言う
「俺　お前とセックスしたかったんやで」
「本当？」
「ウソ」

河野先輩は全日本の選手で活躍したのち先生になった
田中君は建設業で何億か借金がある
高田君は工場をいつも辞めたがっている
宮下君は二年前　過労死した
僕は少しの間　本当に歌った

今は何もなかったように暮らしている

遠足

遠足のおやつ代が三百円から五百円に。そうなると二百円得したようでもあるし、損したようでもある。

目的地のおじさんの家に到着する。今回の目的はおじさんと「お久しぶりです」などいくつかの会話を交わすことと推測していたが、その目的が「お久しぶりです」と言った途端、達成されてしまったのでソワソワし、他にも何か目的があったのではないかと、注意深く考えたがわからなかった。結局、目的を考えながら散歩することになった。おじさんの家は海のそばだったので、中くらいのきれいさの海を歩きながら、一人娘の七海ちゃんの話になった。こうして晩年になって、海のそばの中途半端な家を買って引越すってことは、海が好きってことで人生を終わらせる魂胆があるわけだから、赤子を七海という名前にしたあたりに、策略めいたものを感じ、ここを掘り下げるのが、今回の目的に近いような気もした。しかし今知ったが、その七海ちゃんはヒマラヤのふもとにボランティアに行ってしまったという。この浜にイルカが遊びに来ても、おじさんの寂しい気持ちは変わらないだろう。さっきからおじさんは乗らなくなったヨットを手放した話をしている。僕は、おじさんの『田舎暮らし』は失敗だったのではないかと思い、ドキッとした。

そして今回の目的は、おじさんが亡くなる前に、一度会っておくことだったのだと気づいた。しかしその目的に固定化されるのが嫌で、僕は亡くなる前にもうあと二回、会いに来ようと思った。しかし、それでは二回目の訪問の目的がやはり亡くなる前に一度会っておこうということになってしまう。だから、もう来ない。

帰りの車の中、子供の頃の遠足の目的が何だったのか考えた。そこでまちがえた気がする。

仕事な日々

朝　起きる度　何か減っている
ケロッグだけを大量に食べる
死ぬまでが毎朝

マネキンにセーラー服を着せる仕事で
アダルトショップに行く
最近スカートだけ万引きしていくヤツが多い
スカートだけ万引きして何をするのか
俺は考えたことがない

一人でも多くの人に
より安くセーラー服を買って欲しいだけだ
年寄りくさい考え方だ　実際ずいぶん年を食った
もういろいろ諦めなければいけないと思うし
諦めたらダメだとも思う

本棚にはマンガの小学生が
縛られたり脱がされたりするエロ本
人がお金払っても欲しい本ばかり並ぶ
店の窓は晴天

こんな日は
山登りすればいいでしょうか
山登りすればいいじゃん

山登りしませんか
山登りしましょうよ

スルカ
山登りナンカ

一銭にもならないのに山登りするヤツに俺は勝てない
もうお金じゃないのに　お金しか儲からない

ＬＬサイズを増やしたのが功を奏したのか
セーラー服は先月より売れていた
請求書を上げて帰り支度する

表紙の小学生が背負う赤いランドセル

その向こうにマンガの空

元カノといっても二人

あの交番の赤い電灯の角を曲がると、元カノの部屋だ。
元カノと言っても二人、もと子とかな子。
もと子は綺麗な女で、ショップに勤めていた。
ファッション関係だったが部屋には床の間があった。
もと子はそのことをひどく気にしていた。
もと子は販売員としての成績はあまり良くなく、
収入の大半を出会い系サイトのサクラのバイトに頼っていた。
サクラのはずだったが、時々は男と会ったりするようだった。
もと子は夜になると出かけ、ある日を境に

全く部屋に帰ってこなくなってしまった。

俺はその頃、バンド活動というものをやっていて、
ファンのかな子とねんごろになってしまっていた。
俺はもと子がいなくなると、
もと子の部屋にかな子を泊めるようになった。
ねんごろという言葉は、なるほど、
こういったことをいうのだなと、みょうに納得して暮らした。
かな子は無邪気だが頭の悪い女で、
芽の出ないバンド活動をする俺に
「かっこいいから大丈夫だよ」などと言うのだった。
なんでも大きな人形屋の娘らしく、
実家から持ってきたこけしを床の間に飾った。
俺はそのこけしが、

「なにやら、ねんごろだねぇ」と言っているような気がして、気味が悪かった。

ある晩、かな子と寝ている時、女が部屋を訪ねてきた。
俺はその女がもと子のような気がして、
寝たふりをしておびえていた。
しばらくして女は立ち去ったが、
俺は女が戻らないように、床の間に向かって祈った。
ふと気付いたのだが、床の間のこけしが、
いつの間にか三体になっていた。
かな子が飾ったのだ。
かな子も、このような暮らしに不安を覚え、
実家に帰る度、こけしの数を増やしていったのではないか？
そう思うと、こけし達が、「ずいぶんとねんごろだねぇ」と、

ニヤニヤ笑いながら、俺をせめているような気がした。
こけしが床の間から下りてきて、
もしも三方を囲まれたら、どうする？
夜中にもと子が戻って玄関に立ち、四方を囲まれたら。
「芽が出ないよ。あんた一生芽が出ないよ。」
俺は部屋を飛び出していた。

あれから二十年。あの角を曲がると元カノの部屋だ。
元カノといってもニ人、もと子とかな子。
俺は赤い電灯の角を曲がった。

ナンバープレート

そう言えば最近、車のナンバーは役所に届け出て、好きな番号をもらう方式に変わったと聞いた。今から役所に行くのは面倒くさいが、こういったことを、きちんとやる人間が実は成功者になる。それ以外は長屋で暮らすようになる。長屋の、ちらかった玄関に一升瓶が並び、激しく降った雨の跳ね上げた泥が、瓶にびっくりするほど、こびりついて、それを憂うつに眺めながら暮らす。その泥が毎朝嫌いだ。長屋に暮らしながら、五円玉でお城を作ったり、タバコの包み紙で船を作ったり。俺はそれをお隣に何年も習うが、ついに最後までできない。

いつも役所に来ると自分の社会的階層が突然気になる。「こだわらずにやってきましたので下流ですが、実際のところ中身は中流と言えるかもですよ」と独りごとを言う。係の人に聞こえたのか「では中流ですね、中流のところで整理券を取って並んで下さい」と言われ、ほっとする。そんなに悪いことにはならないもんだ。昔からそうだったそうだった。

俺はナンバープレートをもらう中流の列に並ぶ。好きな番号といっても、予めもらった用紙によると、二と〇までが固定で下二桁が自由に選べるんだって。そうかそうか、じゃあ俺はなんか二五だね。二〇二五ね。番が回ってくる頃には、すっかり上機嫌になった。俺は窓口の女性に、にこやかに言った。「二〇二五でお願いします」するると彼女は「それが寿命になりますが……」と言う。言った？　言ったな。二〇二五、あと一年！

見ると、すごい勢いでカラカサお化けが役所の中を走っている。ここは、お役所仕事の覇気のなさと、寿命を決定するという仕事柄、どうしても霊界との境界が曖昧になっているのだ。カラカサお化けは足が速い。寿命が決まってしまった以上、今やお化けの方が立場が上だ。

寿命！　ここは恥ずかしがったり、面倒くさがったりしてはいけない場面だ。後で必ず訂正の書類を出そう。今日はもう疲れた。

役所からの帰り、自分の家の玄関にある一升瓶に、泥が跳ねてこびりついているのは、長屋の玄関が、盛り土をされずに造られて、地面と同じ高さだからだと気付いた。

葬式の終わりに

父の知り合いがこんなに集まってくれて
父から一言のあいさつもないことが申し訳なく
僕は「顔を見てやってください」と
棺桶の窓をあける
見せられたほうも
「ああ　ちょっと痩せましたか……」と
もう死んでいるのに　いろいろ言っていただいて
手持ちぶさたの優しさに
すいません　すいませんと

汗かきながら棺桶のフタを
むやみとパタパタした
僕はいちども父を見ずに

葬式の終わりに
今　父は焼かれて骨だけになった
係の人が
「ほとけ様がきれいに残りましたね」という
ああそうですか　そんなもんでしょうか
と　答えながら見た遺影の中の父は
確かに少し得意気だった

Ⅲ

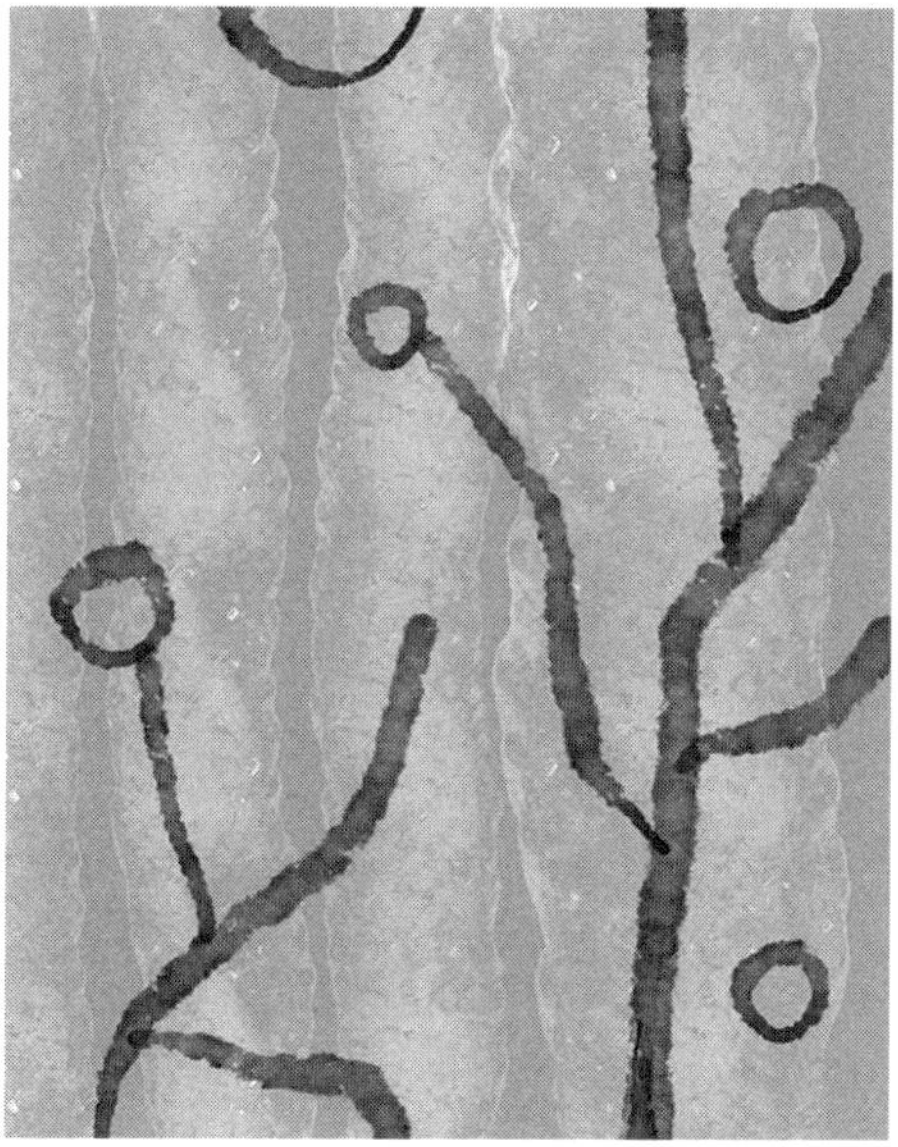

星のなり手

三角点にイタズラして帰った夜に
僕の家に銀紙で作られた
招待状が届いたのだが
「急に」
「そこで」
とだけ書いてあった

間もなく大勢が詰めかけてきて
「議題は何か?」

と僕に聞くので
僕もすっかり困り果てて
黙って夜空を見上げただけ
ところがみんなはうなずき
「なるほどそうだ」とため息
「近頃　星のなり手が減った」
「事態はずいぶん深刻らしい」

天文学者と音楽家と登山家が
星のなり手に推薦されたけど
どうしていいのか　わからない
ところがそのうち誰かが
「実は」と言って回り出し
東の空に駆け上がった

その晩から
登山家はヒマラヤの頂上まで
年老いた三日月を訪ね
音楽家は空耳を奏で
天文学者は地球を星座に加え
望遠鏡から自分をのぞいた

セミと大木

数百年間
大木の夢は自分の樹液を自分で舐めてみることでした
ある時　大木はセミに向かってこういいました
「どうかな僕の樹液ってやつは　そりゃあ美味しいんだろうね」
セミが答えました
「そうでもないよ　まぁまぁだよ」
大木は聞き返しました
「そんなことはないだろう」
セミがいいました

「いや　まぁまぁだよ
それより君はたくさんの僕のご先祖様を見てきたんだろう？
僕の先代や先々代はそれは立派なもんだったんだろうね」
大木はちょっと意地悪くいいました
「そうでもないよ　まぁまぁだったよ」
セミは黙ってしまいました　大木も黙りました

昼の白い道をお婆さんの押す乳母車が近づいて
ゆっくり通り過ぎていきました

その時　セミが少し威張ったようにいいました
「僕はあと三日しかここにいられないんだ
それでちょっとだけ聞きたいんだけど
歴史ってやつはどうなんだい？

君はたくさん歴史を見てきたんだろ
いいものらしいね　歴史は」
大木は静かに答えました
「そうでもないよ　まぁまぁだったよ」
セミが早口にいいました
「まぁまぁか……　そりゃまぁまぁさ　まぁまぁだろうね」
大木が最後にいいました
「安心した？」
「安心した」
それからセミと大木は　もう何も話しませんでした

コインランドリー

湖を眺めながら
ゆっくり考えるようなことを
コインランドリーで
二、三分考える
「大人になったら何になるか」
いくつになっても考える

カニが動くのを

いつもの橋の途中
中洲に下りる階段があるのだが
行ったことはなかった

ある日　車を停めて階段を下りた
中洲に立つと釣り人がいた
私は男に声を掛けずに立ち去ることが
怖くて聞いてしまう
「何か釣れますか？」

男は答えなかった

そのとき私は男の足元にびっしりと
びっしりとカニが
まるで気配のように動くのを見た
おびただしい数のカニが

おびただしい
という言葉を思ったのは
今が初めてかもしれないと変に気になった
それは今このとき使うように
暗い占いの中で決まっていたのではないか
私は早くここを立ち去りたくなって
泥の草むらを急いだ

橋にたどり着いて車を走らせた
私はこの橋を通るたび思うだろう
まるで気がかりなことが頭をよぎるように
おびただしい数のカニが
カニが動くのを

夕暮れ

旅先で夕暮れに出会うと
今まで生きてきたことの懐かしさと
これからも生きていくことの切なさで
胸がいっぱいになる

僕らが
かねてから出し続けた問いに
旅先についてきた神さまが
浮かれてうっかりヒントを出して

夕暮れの中に流すからだ

天の川

星空を
星と空に分ける手伝いを
おばあさんに頼まれて
やりだしたけど
途中で飽きて
「あとで絶対やるで」
と言って出かけたまま
夜になってしまったのが
天の川です

新春

今年は　と
空を見上げると
空も上を見上げていた

ちょっと大きいタコ

俺はちょっと大きいタコだ
海の中なんて好きじゃないけど
海が自分に向いてると思って
今まではいた
でも俺が本当に好きなのは
東京と女の子なんだよ

オレンジ色の街灯の道を
這って這って行ってさ

そこが憧れの東京なんだよ
そこまで行っちゃえば　もう東京なんて
本当はどうだっていいよね
要するに女の子だよ

でもそれじゃ　なんか
ダメな感じがするでしょう

東京には　たまたま女の子やってるけど
本当はタコになりたいって女の子もいるよね
タコになって暗い海の底で
死んだ魚が　ゆらゆら波の中を
落ちてくるのジッと待って
捕まえて慌てて壺の中　逃げ込んでさ

昼間っから一人で食べるの大好きさって

そんな女の子に会えたら俺は話すだろうよ
そんなに楽なもんじゃないぜ
カッコ良く見えてもよって
そしたら　もう二人は実にいい感じよ

俺　実はまだ海の中なんだけどね
浜までは行くつもりだよ
明日ぐらい
海水浴場とかいいよな
女の子がいっぱいで

プラクティスだよな

以前は空だった

渋滞を愚痴りながら
あごを乗せたハンドルから
見上げたら晴天

助手席の女に
「お前　青空にいくら出せる？」
と言うと
「一円も出さんよ」
と言う

そういえば
俺たちはいつからか
空と無関係だ
一円の価値もない青空の下
今日も一日働く

以前は俺が空だった
世界中と無関係で
青い色は全部持っていた

あとがき

自分にとってちょっとした事件があった。

人生が永遠に続く訳ではないと知った時、ようやく僕は詩集を創ることを選択できた。

どうしたって、はかない人生を、少しは、はかなくないものにする自分なりの努力の仕方、それが詩集だった。

いつも、どこかズレて届かなかったあの日の僕の想いを拾い上げる。詩集制作のため、バラバラにあった、はかない言葉の連なりを作品として並べた。メモ書きでしかなかった言葉は、どこか嬉しそうだった。どのページを開いても、作品たちは、詩集という正しい場所を与えられ、新しい顔ですんなりこちらを向いている。

僕自身、これまで存在の不確かさを強く感じる日々を過ごしてきた。今、目の前に自分の詩集を見て、これからは、ここを自分の居場所としていこう、と少し違った空気を感じ始めている。

今、晴れがましい顔をした僕の詩集を味わって読んでいる。すると、これまでの僕の、上手くいかなかった長い思い出が僕に言った。

「詩集出せてよかったね。」

出版に当たり、お力添えいただきました土曜美術社出版販売の高木祐子さまには、心よりお礼申し上げます。

二〇二三年十二月

中川ヒロシ

著者略歴

中川ヒロシ（なかがわ・ひろし）

1964年生まれ、三重県鈴鹿市在住。

バンド『エゴンシーレ』でトランジスターレコードよりCDデビュー。インド、ネパールなど世界を旅し、輸入雑貨卸売業を始める。訪タイ300回以上。

2008年 日本詩歌句協会中上哲夫賞 受賞。
2013年日韓対訳詩アンソロジー『海の花が咲きました』に、韓国を代表する詩人、高銀《コ・ウン》氏等と共に参加。
日本各地のポエトリーリーディングに参加。
『抒情詩の惑星』に精力的に参加。

YouTube『腹話術ロードムービー』配信中。

詩集 僕《ぼく》がいない町《まち》

発行 二〇二三年十二月二十五日

著者 中川ヒロシ
装幀 直井和夫
発行者 高木祐子
発行所 土曜美術社出版販売
〒162-0813 東京都新宿区東五軒町三―一〇
電話 〇三―五二二九―〇七三〇
FAX 〇三―五二二九―〇七三二
振替 〇〇一六〇―九―七五六九〇九
印刷・製本 モリモト印刷

ISBN978-4-8120-2818-6 C0092
© *Nakagawa Hiroshi 2023, Printed in Japan*